À Rafi

Première édition dans la collection
Petite bibliothèque de l'école des loisirs : mars 2006
© 1998, l'école des loisirs, Paris
Loi numéro 49 956 du 16 juillet 1949 sur les publications
destinées à la jeunesse : septembre 1998
Dépôt légal : janvier 2014
Imprimé en Italie par Gruppo Editoriale Zanardi

Satomi Ichikawa

Y a-t-il des ours en Afrique ?

Petite bibliothèque de l'école des loisirs
11, rue de Sèvres, Paris 6^e

Je m'appelle Meto.
Voici la maison où j'habite avec ma famille
et nos animaux, dans un tout petit village,
au milieu de la savane africaine.

Ce matin, j'ai entendu
un bruit de moteur.
Une voiture s'approchait.
Je me suis dit :
« Chic ! Nous allons avoir de la visite. »

C'est une famille de touristes
qui est venue nous dire bonjour.
Ils doivent venir de très, très loin.
Ils ne parlent pas notre langue.
Ils ont beaucoup d'habits sur eux
et ils nous regardent tout le temps
dans leur appareil photo.
Il paraît que c'est pour se souvenir.
Ils sont marrants.

« Meto, montre ta chèvre
à la petite fille », dit mon père.
« Elle aime sûrement les animaux. »
C'est vrai, la petite fille a un animal,
elle aussi. Il est très petit.
Il a un joli nœud autour du cou,
comme celui que la petite fille
a dans les cheveux.
C'est un animal que je n'ai jamais vu
dans la savane.

Ils s'en vont déjà.
Je suis un peu triste de les voir partir.

Ils nous disent : « Au revoir ! »
Nous leur répondons : « Kwaheri* ! »

* *Kwaheri* (en swahili) : au revoir.

Oh, elle a oublié son petit animal !

Attendez !

Il faut que je rattrape
la voiture. Je prends
un raccourci par les marais.
Kiboko* me salue.
« Bonjour Meto !
Qu'est-ce que tu as
dans les bras ? C'est une jolie
petite bestiole… Donne-la-moi
pour le goûter du petit ! »
Pas question ! Je file d'ici en vitesse.

* *Kiboko* : hippopotame.

Un peu plus loin,
Simba* et sa famille
font la sieste. J'essaie
de ne pas faire de bruit.
« Tiens! Je sens
une odeur bizarre…
Qu'est-ce que c'est que ça ?
Il y a un nouvel animal
dans mon royaume
et on ne m'a pas prévenu ?»
Je n'ai pas le temps
de donner d'explications,
la voiture est déjà loin.

* *Simba* : lion.

« Bonjour Tembo*! Toi qui as de grandes oreilles,
dis-moi, tu n'entends pas une voiture ? »
« Si, Meto. Mais j'entends surtout
une petite fille qui pleure très fort.
Ça vient de ce côté-ci. »
« Il faut que je lui rapporte son petit animal ! »
« Bizarre, cet animal », dit Tembo.
« Je ne l'ai jamais vu chez nous. »
« Il vient d'un pays lointain. Il doit
y retourner avec la petite fille. »
« Cours vite, Meto, elle ne doit pas être très loin. »

* *Tembo* : éléphant.

« Bonjour Twiga*. Avec ton long cou,
tu pourrais me dire si tu vois
une voiture verte ? »
« Oui, je la vois. Elle s'approche d'un oiseau géant. »
« Mince alors, c'est sûrement un avion.
Aide-moi, Twiga, ce petit animal
doit partir aussi. »
« Qu'est-ce qu'il est bizarre ! Je n'ai jamais vu
de touriste comme ça. Allez, monte sur mon dos ! »

* *Twiga* : girafe.

Twiga galope de toute la force de ses longues pattes.
« Attends-nous ! » crient Kiboko, Simba et Tembo.
« On veut savoir comment s'appelle cet animal inconnu ! »

« Plus vite, Twiga, ils vont partir ! »

La petite fille pleure si fort que nous la trouvons
tout de suite. Je lui tends son petit animal.
« Oh, mon ours, mon ours ! Merci ! »
Ours ! Alors c'est ça, le nom du petit animal !
Elle me donne son ruban rouge.
« Tiens, c'est un cadeau pour ta chèvre…
Bêêê, bêêê ! Tu comprends ? »
Et le ruban, ça doit être pour ma chèvre…

Et les voilà partis dans le ciel.
Bientôt, ils disparaissent derrière les nuages.

La nouvelle s'est vite répandue dans la savane :
« Ce petit animal, c'était un ours », dit le lionceau.
« Un ours ! Mais il n'y a pas d'ours en Afrique », s'étonne
un vieux rhinocéros. « En tout cas, je n'en ai jamais vu. »

« Il était là, je te le jure ! » répond le lionceau.
« Mais il a dû repartir dans son pays lointain. »
« C'était peut-être le premier ours en Afrique.
Quel événement ! »

Ma chèvre est très contente d'avoir un ruban.
Je lui ai dit que le petit ours avait le même.

Et je pense souvent à eux.